LA
POINTE-A-PITRE,

POËME

EN SIX PARTIES;

PAR BÉNIGNE HUYET.

> Et c'est toi maintenant, ville infortunée,
> c'est toi, toi qu'accable le destin !
> (Sophocle, *Électre.*)
>
> Oh ! je souffre ! mon Dieu ! hélas ! ah ! ah !
> (Idem, *Philoctète.*)

BORDEAUX,

Imprimerie de BALARAC jeune, rue des Trois-Conils, 8.

1843.

LA POINTE-A-PITRE,

POËME

EN SIX PARTIES;

PAR BÉNIGNE HUYET.

Et c'est toi maintenant, ville infortunée,
c'est toi, toi qu'accable le destin!
(SOPHOCLE, *Électre.*)

Oh! je souffre! mon Dieu! hélas! ah! ah!
(IDEM, *Philoctète.*)

BORDEAUX,
Imprimerie de BALARAC JEUNE, rue des Trois-Conils, 8.
1843.

LE SONGE DU POÈTE.

J'avais abandonné ma Guadeloupe aimée,
Ce joyau de Colomb, ma terre parfumée ;
Pointe, je t'avais dit un éternel adieu !
Je voulais échapper aux colères de Dieu
Qui toujours, Océan, sur les plaines troublées,
Fait bondir le troupeau des îles ébranlées,
Et chercher en Europe un bonheur plus serein ;
Mais Lutèce pour moi n'eut qu'une âme d'airain.
Je sentis dans mon cœur se mourir l'espérance,
Et je rentrai bientôt dans ma première France.
Vanité ! m'écriai-je ; il n'est rien ici-bas,
Rien ; le malheur est vrai, mais le bonheur n'est pas.
Si tu dois, car tu peux, lorsque tu les remues,
Briser, comme un cristal, les Antilles émues,
Si ta droite, Seigneur, doit nous faire périr,
Guadeloupe, avec toi, du moins je veux mourir !
A Dieu je me donnai ; nouvel anachorète,
Je cherchai loin du monde une sombre retraite ;
J'y méditais la mort et ces jours éclatans
Qui pouvaient amener pour nous la fin des temps.

Une nuit, par un rêve agité dans ma couche,
Il m'échappa des mots qui sortaient de ma bouche
Haletans et brisés, gémissans et tonnans,
Que je n'entendais pas, je dormais, surprenans,
Terribles, qui disaient les vengeances divines.
Des miens autour de moi palpitaient les poitrines.
On venait à moi pâle, et les yeux agrandis,
Pour me redemander les mots que j'avais dits.

En songe, ô mon pays, je parcourais tes rives;
Jonas infatigable, aux modernes Ninives,
Mes lèvres rappelaient un cruel souvenir (1),
Et je leur annonçais les choses à venir.
Mais le peuple insensé riait de ma menace,
Pense-t-on à l'orage au jour de la bonace?
Dans un calme effrayant toujours enseveli,
Dans le vin du banquet il infusait l'oubli.
Et moi, que maintenant un seul zèle dévore,
J'allai, je répétai : Quarante jours encore !
Relâchez ces plaisirs que vous avez étreints;
Prenez le sac, serrez la corde autour des reins !
Croyez; ne dites point : chimères, à mes strophes,
Les signes précurseurs des grandes catastrophes
N'ont pas manqué; celui qui lit au firmament,
L'astronome aujourd'hui n'a pas lu vainement.
Entraînant des soleils dans sa route insensée,
Sous l'œil observateur la comète est passée;
Il a vu dans le ciel des planètes en feu (2).
De mes prédictions l'on se faisait un jeu.
Plus zélé, je criais, me servant des paroles
Du Verbe qui semait partout les paraboles :

(1) Tremblement de terre à la Martinique en 1859.
(2) Voir ce que disent les astronomes américains.

Malheur ! car vous aurez d'horribles tremblemens ;
La peste de la faim hâtera les tourmens.
Fuyez vers le sommet des montagnes, c'est l'heure !
Et vous que j'aperçois au haut de la demeure,
Restez, c'est inutile : oh ! ne descendez pas
Pour emporter vos biens et pour fuir le trépas,
C'est inutile ; et vous, errant dans la campagne,
N'allez pas au logis chercher votre compagne,
Vos chers enfans brisés comme sous le marteau,
Le pain, force de l'homme, avec votre manteau !
Priez plutôt, criez, pour que Dieu vous pardonne,
Miséricorde ! A qui la demande, il la donne.
Vous n'avez vu jamais, on n'aura jamais vu
D'infortune semblable à ce coup imprévu.
On faisait comme vous dans le temps du déluge ;
Personne contre Dieu ne cherchait un refuge :
L'échanson remplissait les urnes du banquet ;
A l'épouse riante on offrait le bouquet ;
Noé clouait pourtant les solives de l'arche,
Et Dieu, pour inonder la terre, était en marche ;
Ses mains ont tout-à-coup déchaîné les torrens,
Les villes ont croulé dans les flots dévorans.
Veillez donc, et priez, frères, sans plus attendre ;
Comme un adroit voleur, Dieu viendra vous surprendre.
Alors, je me réveille, et je trouve les miens
Autour de moi, tremblans. Laissons-là tous nos biens ;
Partons, leur ai-je dit, courons dans les savanes ;
Nos mains y tresseront le chaume des cabanes,
Et nous redeviendrons des peuples primitifs.
Et pour aiguillonner leurs doutes inactifs,
Avec des mots d'effroi, je leur redis mon songe
Et le pressentiment qui m'accable et me ronge.

———————

II.

LA CATASTROPHE.

Nous avons fui. —

              Nos os frémissent de terreur ;
Le poil de notre chair se hérisse d'horreur.
Insaisissable comme une vapeur légère,
Soupirant comme un souffle, une forme étrangère,
Un fantôme, un esprit, s'arrête devant nous,
Et sur l'airain sacré l'heure frappe dix coups.
Plus vite que l'éclair s'élance le fantôme ;
Définissable enfin, la forme devient homme,
Et son front, globe énorme, à l'immense contour,
Dépasse le sommet de la plus haute tour.
La fureur contractait ses lèvres frémissantes ;
On voyait tressaillir ses vertèbres puissantes,
Et ses veines s'enfler, innombrables rameaux.
Il vient, ô ma cité, te couronner de maux !
Puis, nous sommes tombés la face contre terre ;
Tout avait disparu dans un coup de tonnerre.
J'avais sauvé les miens. L'ardente charité
Me pousse et me replonge encor dans la cité,
Et pour unir mon zèle au zèle de tant d'âmes,
Je brave sans pâlir les pierres et les flammes.

Fais jaillir, ô ma tête, une source de pleurs !
Dieu m'a fait le témoin d'ineffables douleurs.

Elle était gracieuse, elle était florissante.
Comme autrefois Sidon, la cité commerçante,
Active, elle pressait le mouvement du port ;
Des sucres embaumés assurait le transport ;
Des vaisseaux, chaque jour, secondant l'arrivage,
Elle entendait tomber l'ancre sur son rivage,
Et dans toute l'Europe elle avait des comptoirs.
Déroulant sous leurs pieds le tapis des trottoirs,
Ses splendides hôtels du front touchaient aux nues ;
Sur des pavés unis se croisaient dans les rues
Les tilburys légers, les superbes landaux ;
Elle eût rendu jaloux Bordeaux même, Bordeaux,
De ses quilles sans nombre indignant la Garonne,
Qui dresse sur les quais arrondis en couronne
Ses deux mâts de granit, phares indicateurs,
Et qui sourit d'orgueil à ses mille armateurs.
— Elle était fort paisible et ne songeait qu'à vivre :
L'un chauffait des fourneaux, l'autre réglait son livre.
Vous étiez à chanter, vierge, et vous à courir,
Enfans, loin d'une mère, hélas ! et de mourir,
Maître, noir, jeune ou vieux, nul n'avait la pensée ;
Votre main tout-à-coup, Seigneur, s'est abaissée ;
Elle écrit sur nos murs l'antique mot THECEL.
Tout croule. Formidable, immense, universel,
Un seul cri s'élevant de vingt mille poitrines,
Au loin s'est prolongé sur les plages marines ;
Mais le bruit éternel des larmes, des sanglots,
En vain retentissant expire sur les flots.

Lamentable Ilion de la mer Atlantique,
Tes malheurs font pâlir l'Ilion poétique ;

Sa douleur n'avait pas ces horribles concerts,
Car elle n'a point vu se heurter dans les airs
Maisons contre maisons, avec un bruit d'orage
Comme dans une orgie une troupe sauvage.
La justice céleste, ô patrie ! ô tourmens !
Nous livre à la fureur de tous les élémens.
Mais voici le fléau suprême, l'incendie !
Il dresse, en rugissant, une tête hardie,
De sa langue mobile enveloppe les murs,
(Eux, comme le pressoir brise les raisins mûrs,
Ils broyaient sous leurs bonds les victimes sanglantes,)
Les étreint, les disjoint de leurs poutres tremblantes,
S'élargit, plonge, rampe ou s'élève irrité,
Et comme une fournaise allume la cité !
On voit s'évanouir dans cette flamme active,
Et la planche vernie et la lourde solive,
Moins vite l'alkali dont on fait les cristaux,
Moins vite dans le moule ont fondu les métaux,
Quand David méditant sa statue, homme ou femme,
Impatient du Dieu, hâte, hâte la flamme.
Et le peuple ! il brûlait dans l'immense brasier.
Les torches de Néron, le colosse d'osier,
Engouffrant dans son sein, immense et haute tombe,
(Teutatès exigeait cette affreuse hécatombe),
Les prisonniers saxons surpris dans les combats,
Dans leur sanglante horreur, non certes, n'offraient pas
De torture plus digne, à Rome ou dans la Gaule,
De faire tressaillir mille Vincents de Paule.
C'est plus que le Vésuve et c'est plus que l'Etna,
Dont le cratère fume aux campagnes d'Enna.
Les feux brillent au loin sur les vagues tranquilles,
Et font de leurs reflets étinceler les îles.
De l'Anglais si jaloux, le navire lointain

Qui croise sur ces mers, se demande incertain :
En spirale pourquoi s'élèvent dans la nue
Ces tourbillons épais? — La cause est inconnue.
Mais une chose étrange à ce doute répond ;
Un sable voyageur vient de couvrir le pont,
Et peut-être en riant, le marin sur la poupe
(Mais je soupçonne à tort) montre la Guadeloupe.

Fais jaillir, ô ma tête! une source de pleurs!
Dieu m'a fait le témoin d'ineffables douleurs.

Qu'à l'aspect de nos maux ta colère s'allume,
Océan; enfle-toi, soulève ton écume !
Ne laisse point mourir ce peuple qui se tord
Dans les vastes replis du boa-constrictor !
Contre son oppresseur fais bouillonner tes ondes !
O mer! arrache-toi de tes vulves profondes!
Elle ne s'émeut pas. Tranquille dans son lit,
Elle voit triompher l'œuvre qui s'accomplit,
En caresse l'image et la berce. — Que dis-je?
L'Océan conjuré, qui croira le prodige?
Aide dans sa fureur l'élément souverain,
S'entr'ouvre et contre nous vomit un feu marin,
Qui, voulant aspirer son frère dans l'espace,
Rame de tout l'effort de son aile rapace ;
Et jaloux, affamé, sollicite à son tour,
Le magasin, l'hôtel, et l'usine et la tour (1).
Étreignant de leurs plis la ville enveloppée,
En orbe se roulant, s'allongeant en épée,
Réunis, les rivaux confondent leur fureur,
Et le tableau plus sombre a redoublé d'horreur.
Comme pour attiser les flammes corrosives,

(1) Les moulins de la Guadeloupe sont bâtis comme des tours.

Le sol ébranle encore les maisons convulsives ;
Et la cité dont Dieu sape les fondemens
Dans l'immense foyer roule ses ossemens.
Supplice de Gomorrhe, épouvantable histoire,
Que la postérité refusera de croire !

Fais jaillir, ô ma tête, une source de pleurs !
Dieu m'a fait le témoin d'ineffables douleurs.

III

LE DRAME.

Qu'est cela ? — C'est la mort. — Mon Dieu ! la mort ! Ma mère !
— Ma fille, où donc es-tu? Mon fils! ma sœur! mon père!
— Ouvrez donc cette porte, ouvrez : le feu! le feu !
— Sauvez-moi mon enfant, Seigneur, et je fais vœu...
— Je n'y vois plus; la flamme a brûlé mes paupières !
— Je ne peux fuir, mes pieds sont pris entre les pierres!
— Oh ! je souffre ! maudit le jour où je suis né !...
Puis, tout se tait, brisé, dévoré, calciné.

Oh! l'heureuse nouvelle ! un immense héritage !
Il aura désormais tous les biens en partage,
Cent mille francs de rente, équipages, laquais,
Ouvrira des salons, donnera des banquets;
Et son ivresse est folle, il nage dans la joie. —
Cet autre du malheur est devenu la proie,
Et son âme assombrie invoque le trépas
Qui pourrait le sauver, et qui n'arrive pas.
— Mourir! dit le premier ; il faut donc que je meure!
Mourir! mon Dieu! mourir ! — Et l'autre : A la bonne heure,
Finissons, car mes jours étaient empoisonnés.....
Et tous deux sont brisés, dévorés, calcinés.

Ce malheureux vieillard, à cette heure suprême,
Les yeux cerclés de jaune et le visage blême,
Accroupi sur son or, comptait, comptait, comptait ;
Sous ses doigts amaigris l'or entassé montait.
Il avait sur la lèvre un sourire indicible,
Et ses mains caressaient le trésor insensible.
Dans une cave sombre il s'était enfermé,
Loin des hommes, avec son trésor bien-aimé.
Tout-à-coup, les lambris s'affaissent sur sa tête :
Les voleurs viennent-ils interrompre sa fête ? —
Il veut prendre son or. — Le plafond va plier ;
On dirait qu'il gémit sous les coups du bélier.
Le vieillard impuissant, pâle comme un suaire,
S'échappe du caveau comme d'un ossuaire ;
Rentre, repart, revient ; pour un dernier effort
Il a roidi ses bras ; il n'est pas assez fort.
Rien ne bouge. Tout perdre, ô mon Dieu, sous ces roches !
De son or en pleurant il se gonfle les poches.
Mais fuis donc, malheureux, car ces murs sont croulans !
Et ses poches crevaient, et ses sacs ruisselans,
Tourment renouvelé des jeunes Danaïdes,
S'emplissaient, s'emplissaient et redevenaient vides.
Et lui recommençait toujours plus obstiné.
Mais il tombe, brisé, dévoré, calciné.

Un aimable trio gazouille, rit et chante ;
Des noces de demain l'image vous enchante,
Et le bonheur, enfans, rayonne sur vos traits :
De la fête qui vient vous faites les apprêts ;
Sous vos agiles doigts trompeur, ô jeunes filles,
L'espoir hâte l'acier des savantes aiguilles ;
Des tissus éclatans de grâce et de fraîcheur
Entre vos mains de rose étalent leur blancheur.

Mais ces mains, tout-à-coup, laissent tomber la soie,
Le voile vaporeux, la couronne; et la joie
Pour vous s'est transformée en horribles douleurs.
L'époux futur, le père, au cri des trois malheurs,
Effarés, éperdus, volent. Pour tant de charmes
Qu'ils ne peuvent sauver, ils n'avaient que des larmes; —
Un volcan s'ouvre, gronde, éclate, et laisse voir,
Comme une toile immense, où, dessinés en noir,
Tordus dans les replis d'une ondoyante flamme,
Hurlaient et bondissaient trois fantômes de femme;
Ce soir ils trouveront des cadavres ardens
Les six poignets rongés où se rivent les dents.

Une mère tenait un discours bien étrange : —
Mais oui, c'est mon enfant, c'est mon amour, mon ange.
Vous me l'avez donné, mon doux Sauveur, merci !
Qu'il est beau ! — mais pourquoi me regarder ainsi ?
Mais oui, je suis ta mère, amour, et je m'en vante.
Tu t'étonnes ? — Cet œil me glace et m'épouvante;
Immobile toujours ! — Couchons-le ; ce n'est rien :
Il s'endort — mais non pas; — c'est qu'il pense; très-bien
Il aura de l'esprit, et, je peux le prédire,
Un jour… Sa voix se perd dans un éclat de rire.

Ce jeune homme, étendu sur un moelleux coussin,
Des heures de la nuit répare le larcin.
La figure pourprée et la lèvre rougie,
Il porte dans ses traits les marques de l'orgie;
Il s'éveille au fracas, et son œil hébété,
Autour de lui, sans voir, cherche de tout côté.
La vérité pour lui devait être un mensonge ;
Mais sa tête retombe et sa mort n'est qu'un songe.

Le Dante Alighieri n'a vu qu'un Ugolin;

Ce sépulcre de flamme et de soufre en est plein.
Je les entends gémir aux fentes des murailles,
Arracher des clameurs du fond de leurs entrailles,
Appeler des secours qui n'arriveront pas,
Puis, accuser, ô mort, la lenteur de tes pas !
Mais la mort sur leur front scelle une pierre lourde,
Et, sûre de sa proie, à leurs vœux se fait sourde.
Bondissant éperdus, aux muettes parois
Ils brisent leurs genoux, ils déchirent leurs doigts ;
Dans le mur entr'ouvert si l'un d'eux se hasarde,
Il est, nouveau Milon, cloué par la lézarde. —
C'était comme la mort dans le taureau d'airain,
Cette mort qu'inventa l'âme d'un souverain.
L'artifice cruel retomba sur Phalère ;
Le peuple d'Agrigente, au jour de sa colère,
Se révolte et saisit le pâle souverain,
Qui mugit à son tour dans le taureau d'airain.

Vivans sont enfouis comme dans une tombe,
Sous les débris fumans d'un étage qui tombe,
Huit enfans, une mère, ô désolation
Inconnue à celui qui pleura sur Sion !
Cinq enfans, les aînés, quel tableau pour le père !
Sont écrasés déjà sous les yeux de la mère.
La mère, retrouvant un reste de vigueur,
Saisit les trois derniers, les presse sur son cœur ;
Sa bouche sur leurs fronts promène une caresse,
Et son dernier soupir exhale sa tendresse.

Oh ! contre les rochers, malheureux, n'allez pas
Heurter, briser vos fronts, pour hâter le trépas !
Oh ! tournez votre cœur vers la sainte Solyme ! —
N'oubliez pas, mes vers, cette femme sublime,
Assise, ayant le front incliné sur la main,

Son regard respirait un calme surhumain ;
C'est qu'un espoir en haut dirigeait sa prunelle,
Et soulevait ainsi la pierre avec son aile.

Fuis, Euryale, fuis ! Mais déjà plus brisé
Que le grain qui bondit sous la meule écrasé,
(Le rubis n'avait pas le pourpre de sa joue),
Il n'offrait à Nisus qu'une sanglante boue.

Cet homme vigoureux, Hercule de ces bords,
A retiré du gouffre une moitié du corps ;
L'autre veut secouer le rocher qui l'arrête.
J'ai cru voir le lion qu'a chanté le poète (1),
Le lion qui, le jour où surgit l'univers,
De la terre ébranlant les cachots entr'ouverts,
Écarte et cloue au sol sa griffe encore tendre
Dont on voit chaque nerf tressaillir et se tendre ;
Ses poumons imparfaits par un sourd grondement
Accusent la lenteur de cet enfantement ;
Et la moitié du corps, du sein qui le captive,
Arrache avec fureur l'autre moitié rétive.
Enfin la prison s'ouvre ; il part, et, transporté,
S'admire dans sa grâce et dans sa majesté.
L'Hercule, comme lui, sollicite la pierre ;
L'œil roule dans l'orbite et gonfle la paupière ;
Le travail de ses mains fait haleter ses flancs ;
Mais l'étau qui le serre a trompé ses élans ;
Sa sueur coule à flots. Sa colère bouillonne,
Et des reins impuissans fait frémir la colonne ;
Mais la terre s'ébranle une seconde fois,
Et sur le malheureux fait crouler les parois.

Pourrai-je te chanter, sans répandre des larmes,

(1) Milton.

Jeune fille si douce et si pleine de charmes ? —
Le sort était le même, et moins forte que lui,
A ses yeux effarés la flamme rouge a lui ;
Elle, pour échapper à l'ennemie active :
« Pitié, délivrez-moi de ma jambe captive ! »
Elle joignait les mains, priant avec ferveur ;
Et déjà la pitié levait l'acier sauveur.
La pitié n'osa point accomplir cette tâche ;
Le fer tomba devant la victime sans tache :
De ses spires soudain le feu l'enveloppant,
Plongea dans ce beau corps ses langues de serpent.

Si nos larmes des morts peuvent mouiller la cendre,
Dans les maux des vivans quel œil pourra descendre ?
Dira-t-on les perclus, les boiteux, les manchots,
Fantômes échappés de leurs brûlans cachots,
Rampant avec douleur de ruine en ruine ?
Et ceux-là dont les pieux ont troué la poitrine ?
Et ceux-là dont le dos se recourbe, plié
Comme le bois de l'arc qu'un chasseur a ployé ?
Et cette jeune enfant, tout-à-l'heure si belle
Que les yeux éblouis se baissaient devant elle,
Dont le front maintenant, sillonné par les feux,
Méconnu, fait douter même sa mère ? et ceux
Que les vieillards jaloux hier disaient ingambes,
Et qu'aujourd'hui le fer a privés des deux jambes,
Enfans, beaux de jeunesse et de témérité,
Et qui ne touchaient pas encore à leur été ?
Ils iront désormais, traînant la carapace,
Demander une obole à la pitié qui passe.
Et cet enfant tout blond, oublié par la mort,
Pauvre agneau (c'est le faible épargné près du fort),
Cherchant de tous ses cris une mère perdue.

Qui jamais, ô mon Dieu, ne lui sera rendue,
Aux livides fuyards qu'il atteint aux genoux,
Redemandant toujours : « Ramenez-moi chez nous ? »
Et ces femmes encor malades et dolentes,
Qui traînaient les lambeaux de leurs robes sanglantes,
Et maudissant l'amour et leur fécondité,
Redoutaient le bonheur de la maternité ?
— Oh ! non, Jérusalem, croulant sous l'Assyrie,
N'a pas autant que toi souffert, ô ma patrie !

Qui pourra dire aussi les miracles d'amour
Accomplis ou tentés dans ce funèbre jour ?
Des pères, des enfans pâles comme des ombres,
Déchirés, mais sauvés, rentraient dans les décombres,
Et ramenaient des fils et des pères brisés
Dont ils couvraient les fronts de pleurs et de baisers.
Un fils ainsi qu'à Troie, antique nécropole,
Comme Énée, emportait son père sur l'épaule.
Derrière, asphyxiés par un air étouffant,
S'avançaient, moitié nus, Créuse et son enfant.
Mais d'autres, appelant des amis ou des proches
Qu'ils voyaient retenus et cloués sous des roches,
Faisaient pour les sauver d'inutiles efforts ;
Eux-mêmes mutilés n'étaient pas assez forts ;
Et souvent le fléau, dans sa rouge spirale,
Surprenait l'instrument d'une pitié fatale.

Et l'or, ce vœu de tous, les bijoux précieux,
Que sont-ils devenus ? Ah ! l'on demande aux cieux
De plus riches trésors perdus sans espérances ;
Oh ! que ce jour fait bien juger des différences !
L'or, comme un oripeau roulé dans les chemins,
N'est pas digne aujourd'hui qu'on le touche des mains.

2

Mon père ! mon enfant ! — et, s'il en restait une,
On les rachèterait de toute sa fortune.

On t'a comprise alors par la fraternité,
Égalité du Christ, sublime égalité ;
Et le riche et le pauvre, et le maître et l'esclave
Que n'ont pas dévorés le sépulcre ou la lave,
Mais dont l'effroi sous eux dérobaient les genoux,
Tous, inondés de sang, s'écriaient : Aimons-nous ;
Et côte à côte ensemble, étendus sur le sable,
Se prêtaient l'un à l'autre une main secourable !

IV

L'ESCADRE.

Comme un bélier, pourquoi bondissez-vous, montagnes ?
Vous, comme des agneaux au milieu des campagnes,
Collines ? — Nous tremblons ; c'est le Dieu de Jacob
Qui frappe les cités, comme il a frappé Job. —
Les peuples de leur sang rougissent la savane :
Le Moule, Saint-François, l'Anse-Bertrand, Sainte-Anne
Sur leur sein soulevé laissent tomber des pleurs,
Car Dieu les couche aussi sur un lit de douleurs.
Ile, rassure-toi, car ta sœur s'est émue ;
Elle sait bien que Dieu, quand son bras les remue,
Des tremblantes cités ne fait plus qu'un désert ;
Son cœur a de tes cris entendu le concert,
Et pâle, de ses maux rappelant la mémoire,
Ses lèvres en tremblant ont redit son histoire ;
Elle aussi, comme toi, sous le bras souverain,
Oscilla comme un brick sur sa quille d'airain ! —
Fort-Royal, pourquoi donc abandonner tes rues ?
Pourquoi courir ainsi ? Dis-nous où tu te rues,
Si rempli de tumulte ? As-tu donc entendu
Le pied de Jéhova ? serait-il descendu ?

Vient-il te visiter encor dans sa colère,
Et te faire bondir comme le grain sur l'aire ? —
Non, sur la Guadeloupe il s'est appesanti,
Martinique, et son peuple est presque anéanti !
Hâte-toi, cours, Sophar, fils de Naamathite !
Accourez, Éliphaz, Bagdad, fils de Suhite,
Venez, amis de Job, non point pour l'affliger,
Mais pour le consoler et pour le soulager !
Il se tourne vers vous, desséché par l'attente.
Allez panser sa plaie et lui faire une tente,
Lui dresser une couche et lui donner du pain,
Apaiser à la fois ses douleurs et sa faim ! —
Cependant la pitié court comme l'étincelle ;
Elle active les mains palpitantes de zèle,
Et le fruit des moissons à la meule livré
Sous le bras qui pétrit se change en pain doré.
Le docteur qui connaît les vertus d'une plante,
Qui verse un élixir sur une douleur lente,
Prépare le cérat onctueux, le scalpel,
La lancette, et répond le premier à l'appel.
L'acte, de toute part, a suivi la parole ;
Dans le commun secours chacun se crée un rôle.
Aux vents donnez la voile, *Oreste*, *Papillon*,
Et vers l'île des pleurs tracez votre sillon !
Lève l'ancre, *Circé ! Néréide*, appareille !
Rivales, fournissez une course pareille ! —
On part, la terre fuit ; l'équipage rêvant
Halète vers la rive et gourmande le vent. —
Le regard inquiet a signalé des flammes ;
La pitié fraternelle a remué les âmes ;
Les yeux roulent des pleurs, et le volcan maudit
Dilate, en avançant, le cratère agrandi.
Mais des barques au loin dont les rames rivales

Frappaient, frappaient la mer par des chutes égales,
Tantôt lourdes, tantôt légères, se croisaient ;
Dans les reflets sanglans passaient et repassaient,
Et les flots engouffraient des familles entières,
Que repoussent les murs des étroits cimetières.
A ce spectacle affreux tous les cœurs ont frémi :
Ce cadavre qui tombe est un frère, un ami.
Des miasmes impurs, sur la route marine,
Viennent aiguillonner la sensible narine :
C'est la peste, fléau qui, viciant les airs,
Des chemins populeux ne fait que des déserts.
Sur des fronts de quinze ans sa main creuse la ride,
Décolore la joue, et la fait plus aride
Que la feuille jaunie aux rayons de l'été,
Qui se balance morte à l'arbre dévasté. —
Tous les maux à la fois ! — Enfin, l'escadre arrive ;
De la cité perdue elle touche la rive.
L'ancre tombe : on s'arrête ; et, frappé de torpeur,
Le peuple fraternel contemple avec stupeur
D'une vaste cité les déplorables restes ;
Irréparable effet des volontés célestes !
Horrible amas de vieux, de jeunes monumens,
Où règne seul *le roi des épouvantemens !*

Quand le noir Attila heurtait dans la bataille
Le robuste Kimri, géant de haute taille,
Le Gaulois, que jamais n'accabla le revers,
Qui s'élance, la tête et le front découverts,
Ruisselantes de sang, les légions penchées
Sous son bras, dans la plaine, étaient bientôt couchées.
Le matin flamboyaient, aux feux du jour naissant,
Les écus échancrés en forme de croissant,
Les casques, les angons, les ardentes cuirasses ;

En ordre s'alignaient les généreuses races,
S'élevaient, descendaient sur le mont, dans le val,
Les légers fantassins, les hommes à cheval ; —
Le matin tout est beau, le soir la scène change :
Le vainqueur a roulé phalange sur phalange,
Comme sous un marteau broyé les bataillons ;
Les chars sont renversés avec les pavillons,
Les coursiers, les taureaux aux cornes effilées,
Les cadavres sans nombre, incroyables mêlées,
Les bûchers qu'allumaient les femmes, les enfans,
Afin de s'arracher à des bras triomphans ;
Confusion, ruine, entassemens énormes,
Chaos où des objets l'œil ne voit plus les formes !

Le spectacle est le même aux regards des vaisseaux ;
La Pointe n'offre plus que d'horribles monceaux ;
Ses quartiers sont changés en de vastes carrières,
Le sol encore ému fait moutonner les pierres.

Ils pensaient, et versant des pleurs silencieux,
Ils appelaient le jour qui va blanchir les cieux (1).

Que de songes soudain dissipés ! Que d'idées
Hier encore agitaient les âmes obsédées !
Que de plaisirs charmans la jeunesse espérait !
Que de plans élevés l'âge mûr préparait,
Conçus avec lenteur, vraiment réalisables,
Crus fondés sur le bronze et bâtis sur des sables !
Tous avaient à se faire un bonheur quelque part ;
Au banquet du destin chacun voulait sa part.
Celui-ci n'attendait qu'un bon vent dans sa voile,
Et cet autre pressait les tissus de sa toile ;
Un troisième arrivait au terme du chemin,

____

(1) L'escadre n'arriva que le soir.

Et sur le but heureux posait déjà la main.
On rêvait un hôtel, un cheval, une rente,
Un navire, une usine et la canne odorante.
La vierge souriait à l'époux jeune et beau;
Sa mère radieuse allumait le flambeau.
Tout marchait, murmurait, grandes, petites choses,
Et tout croissait, les biens, les femmes et les roses;
Tout espoir se jouait dans un rayon doré... —
Mais Dieu touche la terre, et tout est dévoré.

Vous voyez quelquefois au pied d'une montagne
Au loin se prolonger une riche campagne.
Le printemps est venu; les feuilles des roseaux,
Des saules et des joncs, se penchent sur les eaux.
Pour des insectes d'or, d'argent, tribus errantes,
Les fleurs ont préparé des moissons odorantes.
Une vigne sauvage ici court en festons,
Et là des jeunes plants font leurs premiers boutons;
Et cet arbre, plus loin, que la sève abandonne,
Pour la dernière fois travaille à sa couronne.
Le rossignol aimé, ce trouvère des champs,
Grandit sous le feuillage, et médite des chants.
Maçonnant un palais sur les rives d'un fleuve,
Le castor a planté sa palissade neuve,
Pour résister aux flots creusé le fondement,
Et battu de ses murs et durci le ciment.
Le nid de tout côté se plaint, siffle, gazouille;
Le serpent rajeuni dépose sa dépouille,
Enflamme son écaille, et, gonflé de poison,
Glisse sous la brebis qui dort sur le gazon.
Le taureau, poursuivant les travaux de l'année,
Écrase avec le soc la glèbe retournée.
La génisse remplit ses mamelles. Enfin,

Toute chose respire et marche vers sa fin.
Un torrent, tout-à-coup, a percé la montagne;
Écumeux, il bondit et couvre la campagne,
Emporte les roseaux, et vous, fleurs, vos moissons,
L'arbuste, le vieil arbre et les douces chansons,
Entraîne des castors les fortes citadelles,
Et roule dans ses flots les nids des tourterelles.
Retenu par le soc enfoncé fortement,
Le taureau sous le fleuve a mugi vainement.
Tout respirait, vivait, c'était là comme un monde, —
Et tout a disparu dans la vague profonde.

Ils pensaient, et versant des pleurs silencieux,
Ils appelaient le jour qui va blanchir les cieux.

V.

LAMENTATION.

◄◆►

LA CITÉ.

Qu'il soit maudit le jour fatal, ô Guadeloupe,
Où mes mains à tes bords attachèrent ma poupe,
Où désertant l'Europe et ses paisibles cieux,
Je dressai, je plantai ma tente dans ces lieux !
Le jour, où sans prévoir une existence amère,
Sur le sol des volcans je voulus être mère !
Mais pourquoi le Seigneur, quand mon sein se gonflait,
Ne tarissait-il pas les sources de mon lait ?
Pourquoi sur mes genoux berçant des têtes blondes,
Mes doigts de leurs cheveux caressaient-ils les ondes ?
Mes enfans, ô Seigneur, que sont-ils devenus ?
Les uns sont écrasés ; les autres demi-nus,
Sanglans et mutilés, et tous méconnaissables,
Loin de moi, de douleur, se tordent sur les sables.

LE POÈTE.

O mère, ces derniers sont les plus malheureux ;
Leur désespoir est grand. Que feras-tu pour eux ?

LA CITÉ.

Ne le demande pas, mon fils ; — à cette idée,
Vois, ma chair s'est fondue, et ma peau s'est ridée ;
A force de pleurer mon regard s'est éteint.

LE POÈTE.

A qui donc pourront-ils commettre leur destin ?
Qui doit les relever ?

LA CITÉ.

       O mon fils, tu m'accables ;
Les maux que Dieu m'a faits sont-ils donc réparables ?
Je ne suis que ruine , et les sombres vautours
Peuvent seuls désormais habiter dans mes tours.

LE POÈTE.

On foule sous les pieds l'or roulé dans la fange ; —
Du pain ! du pain ! du pain ! — Regarde ce pauvre ange
Qui, les larmes aux yeux , tend sa petite main ;
Entends sa voix plaintive : il demande du pain.

LA CITÉ.

Ne me le montre pas !

LE POÈTE.

       Comme une fleur qui penche ,
Il s'affaisse et ses bras voilent sa tête blanche.

LA CITÉ.

Ne me le montre pas !

LE POÈTE.

> Celui-là qui vivait
> Voluptueusement, qu'un esclave servait ,
> Dispute à cet esclave une racine amère.

LA CITÉ.

Mais tais-toi !

LE POÈTE.

> Caressant une douce chimère ,
> Cette vierge adorée admirait sa fraîcheur,
> Sa grâce, car le lis n'avait point sa blancheur ;
> Un saphir est moins beau , moins pur ; l'ivoire antique
> N'a jamais eu l'éclat de sa bouche pudique. —
> La flamme a sillonné ce visage charmant
> Qui n'offre plus qu'un masque aux yeux de son amant.

LA CITÉ.

Oh !

LE POÈTE.

> Mais que de vieillards échappés par miracle
> Ayant su détourner la pierre de l'obstacle,
> Loin d'eux, jusqu'à ce jour, qui doivent, mutilés ,
> Mourir sur les débris de tes murs écroulés !

LA CITÉ.

Oh ! comme l'Océan mon amertume est grande !

LE POÈTE.

Les temples ont pleuré, car ils n'ont plus d'offrande ;
Les pains du sacrifice ont roulé dans les feux,
Et c'est dans la savane où Dieu reçoit les vœux.
Un seul temple est debout comme l'arche. — Il rappelle,
Inscrite sur sa tour l'heure, l'heure éternelle.

LA CITÉ.

Tu réveilles mes maux.

LE POÈTE.

       Et qui les guérira ?
Pauvre Jérusalem, qui te consolera ?

LA CITÉ.

On ne saurait guérir ma douleur insondable ;
Comme autrefois Rachel, je suis inconsolable : —
L'arbre espère toujours, et d'un feuillage vert
Son tronc, malgré la hache, est encore couvert ;
Sa racine vieillit, et la sève épuisée
Ne peut plus circuler dans une veine usée ;
Mais baigne la racine, et ses bras palpitans,
Rajeunis, frémiront aux brises du printemps.
— Quand le ver du cercueil en silence le ronge,
L'homme, que devient-il ? Une vapeur, un songe.
Mes enfans, mes enfans, mes enfans sont perdus !

LE POÈTE.

Ma mère, autour de toi je les vois étendus.

LA CITÉ.

Ils étaient florissans.

LE POÈTE.

Ils étaient dans la joie.

LA CITÉ.

Plus vite qu'un vautour qui fond sur une proie,
Plus vite qu'un éclair le Seigneur a volé.
J'ai vu passer son char.

LE POÈTE.

Et tout s'est écroulé.

LA CITÉ.

Mais ne blasphémons pas; c'est le maître des mondes,
Qui lance les soleils dans leurs routes profondes,
Qui parle, et les soleils répondent : Nous voici ;
Qui dit à l'Océan : Tu viendras jusqu'ici ;
Qui calme ou fait blanchir son écume troublée,
Transporte la montagne et comble la vallée,
Dont les mains ont creusé les antres de la mort ;
Qui sait d'où vient le jour, qui sait d'où la nuit sort,
Qui peut lui résister quand sa fureur bouillonne ?
Sous lui comme un roseau la puissante colonne,
Or, bronze ou diamant, s'écroule, et pas un roi
Ne peut lui demander : Mais, Seigneur, mais pourquoi?

VI.

PRIÈRE DU POÈTE.

Seigneur, Seigneur, Seigneur ! nos voix jusqu'à tes cimes
Ne cessent de monter du fond de nos abimes !
Pitié pour les martyrs qui, nouveaux saints Laurents,
Contractés et noircis par les feux dévorans,
Pour dérober leurs traits que l'incendie efface,
Vont se perdre dans l'ombre, et se voiler la face !
Pitié pour ce vieillard qu'on abreuva de fiel,
Demandant aujourd'hui pour toute grâce au ciel
De descendre, d'aller sans trouble et sans secousse
A la nuit du tombeau, par une pente douce ;
Car il n'a plus, Seigneur, dans son infirmité
Le courage et l'espoir de la virilité !
Pitié pour ces enfans dont la bouche flétrie
Appelle ou presse en vain la mamelle tarie !
Pour cette jeune mère, infortunée Agar,
D'Ismaël qui se meurt détournant son regard !
Pour ceux dont la raison s'éteint dans la démence,
La raison qui mûrit, la raison qui commence !
Pour tous enfin, Seigneur, car il faut que pour tous
Éclate votre amour après votre courroux !

Penchez votre bonté sur le malheur unique,
Et donnez-leur du pain, un toit, une tunique !
S'ils vous ont offensé, voyez, Seigneur, voyez :
Sont-ils assez punis ? — Déchirés et ployés,
Meurtris et tout sanglans, les petits, les superbes
Rampent agenouillés ensemble dans les herbes.
Pleurant, joignant les mains, ils vous disent : Pardon !
Écoutez donc, Seigneur, Seigneur, écoutez donc !
Laissez, laissez l'amour remuer vos entrailles,
Et que Jérusalem relève ses murailles !

Souviens-toi d'Israël autrefois bien-aimé :
Si souvent, ô mon Dieu, tu parus animé
Contre ce peuple ingrat d'une haine implacable,
Que ton arrêt de mort semblait irrévocable ;
Mais vers toi levait-il ses mains pour te bénir,
De ses iniquités perdant le souvenir,
Tu lui disais : mon fils, tu te disais son père !
— Réjouis-toi, Jacob, et qu'Israël espère !
Ton Seigneur, Éphraïm, t'avait abandonné ;
Il se tourne aujourd'hui vers toi, son premier-né,
L'enfant de son amour et de sa préférence,
Car il t'a vu rougir de ta longue inconstance,
Car il a vu couler les larmes du remords,
Et c'est Dieu qui l'a dit : oui, j'oublirai ses torts !
De mon amour pour lui rappelant la mémoire,
Je le rétablirai dans son antique gloire. —
C'était là ton langage, ô Père, avant le Christ
Qui porta dans nos temps l'amour de ton Esprit !
Ta nation chérie était notre symbole,
Et son histoire entière est une parabole ;
Et c'est nous aujourd'hui, nous — qui sommes les tiens,
Qui sommes Éphraïm, — car nous sommes chrétiens !

Laisse, laisse l'amour remuer tes entrailles,
Et que Jérusalem relève ses murailles !

Et toi, lointaine sœur, ô France, doux pays,
Joyau de l'Occident, terre du beau Loïs,
Toi qui sais te poser, sur ta base éternelle,
Au milieu de l'Europe et forte et solennelle,
Si l'ange de nos mers a gémi sous tes cieux,
S'il a tout raconté, vers nous tourne les yeux!
A travers l'Océan, ô belle et noble France,
Vers toi d'un peuple entier palpite l'espérance ;
Il se traîne et s'assied au bord des flots mouvans,
Pour entendre ta voix dans le soupir des vents !
France, nous aspirons de toutes nos poitrines
L'air qui vient de tes bords sur nos plages marines,
Et dès qu'un pavillon glisse sur notre mer,
Nous saluons déjà le retour du *Gomer*!
Il emporte nos vœux, ô France bien-aimée ;
Par toi notre douleur sera bientôt calmée !
Oh ! nous n'en doutons point, tu nous écouteras,
Tu pleureras sur nous, tu nous exauceras!
On s'agite aujourd'hui partout, à la même heure,
Sous le modeste toit, dans la riche demeure ;
Pour arriver à nous par cent mille chemins,
L'or qui doit nous sauver tressaille dans les mains, —
Que le Dieu d'Israël mette dans la balance
Tes fautes, tes bienfaits, ô généreuse France !
Oh ! oui, de tes bienfaits le poids l'emportera ;
Désarmé, le Seigneur te récompensera !
Laisse, laisse l'amour remuer tes entrailles
Et que Jérusalem relève ses murailles !

FIN.

www.ingramcontent.com/pod-product-compliance
Ingram Content Group UK Ltd.
Pitfield, Milton Keynes, MK11 3LW, UK
UKHW021025120726
13693UKWH00005B/2199